BIBLIOTHÈQUE CHRÉTIENNE

DE L'ADOLESCENCE ET DU JEUNE AGE,

publiée avec approbation

de Monseigneur l'Evêque de Limoges.

LE
PETIT JARDINIER

PAR

RÉGIS HELLIMER.

LIMOGES
F. F. ARDANT FRÈRES,
rue des Taules.

PARIS
F. F. ARDANT FRÈRES,
25, quai des Augustins.

1861

LE PETIT JARDINIER.

I

Vers la fin du mois de juin de l'année 185...., un homme d'une tournure élégante et distinguée parcourait à cheval la route, qui, complètement abandonnée à présent, reliait, avant la construction du chemin de fer, deux villes populeuses et commerçantes de la Bourgogne. Cet homme, parvenu à l'âge moyen de la vie, et dont tous les traits, fins et expressifs, laissaient deviner un caractère facile, généreux, et une spirituelle bonhomie, dirigeait avec une dextérité extrême un superbe cheval gris pommelé, dont il avait peine à calmer la fougue et l'emportement.

Le soleil s'inclinait vers le couchant et colorait de teintes chaudes les gros nuages amoncelés à l'horizon; des bouffées d'un vent tiède et lourd passaient à intervalles inégaux, mais toujours plus rapprochés. On pressentait l'orage, et toute voix se taisait dans la campagne; c'était le calme qui précède la tempête. Le cavalier jetait autour de lui les regards satisfaits du propriétaire qui voit ses conseils mis en pratique par d'habiles ouvriers. Evidemment ces prairies verdoyantes, ces champs promettant d'abondantes richesses pour l'automne, luxuriants de fleurs et de fruits, devaient lui appartenir.

Le cavalier, parvenu à un coude que formait la route, fit tourner bride à son cheval; et, après un dernier coup d'œil jeté autour de lui, il reprit au galop le chemin qu'il avait déjà parcouru; mais cette fois il ne s'occupa plus à refréner l'ardeur de sa monture, car l'orage approchait.

Un gentil garçon de dix à onze ans, mis pauvrement, bien qu'avec beaucoup de propreté, déboucha d'un chemin de traverse, et suivit la même route que le voyageur, en le précédant de quelques pas. Celui-ci l'eut bientôt rejoint; alors l'enfant ôta son chapeau de paille et fit un profond salut. L'inconnu, trompé par ce geste, crut que l'on implorait une aumône, il saisit vivement son porte-monnaie. Le petit paysan rougit, se recula, et fit signe qu'il ne mendiait point.

— Ah ! c'est toi, Georges ? dit le voyageur qui venait de reconnaître le fils d'un de ses vignerons.

Et il passa, enfonçant ses éperons dans le ventre de son cheval, car le tonnerre grondait, le vent devenait plus violent; tous deux préludaient, d'une voix encore sourde et voilée, aux lugubres symphonies de la tempête. Ainsi, dans les basiliques, l'orgue annonce par quelques accords détachés les mélodies graves ou joyeuses, sombres, mélancoliques ou gracieuses, dont il va faire retentir les voûtes.

Tout-à-coup le voyageur se retourna :

il avait entendu une voix d'enfant l'appeler, haletante et saccadée.

C'était Georges qui accourait de toutes la vitesse de ses petites jambes. Lorsqu'il fut auprès du cavalier :

— Qu'as-tu? dit celui-ci; c'est folie de courir ainsi; tes pieds nus sont horriblement meurtris et laissent une trace sanglante sur la route.

— Ah dame! repartit l'enfant, il y a des cailloux tranchants qui coupent net comme des rasoirs, mais il est facile de les éviter lorsque l'on n'est point pressé.

— Il paraît que tu l'es, toi, car tu n'en as évité aucun.

— C'est que je désespérais de pouvoir vous atteindre.

— Quelle nécessité t'obligeait à me poursuivre? As-tu peur seul dans la campagne?

— Oh! votre excellence sait bien que je suis habitué à voyager seul; mais ce porte-monnaie que vous avez perdu en passant près de moi.....

Son Excellence, comme l'appelait Georges, prit l'objet qu'on lui remettait. Il l'ouvrit, remua quelques pièces d'or, regarda son gentil interlocuteur, fit rentrer l'argent dans le porte-monnaie, et le porte-monnaie dans sa poche. Ce n'était point par le don d'un peu d'or qu'il voulait récompenser le petit garçon. Celui-ci n'avait rien vu.

Du reste, il ne faut pas croire que cette Excellence était quelque grand seigneur, voyageant seul et incognito au travers de la Bourgogne : c'était simplement M. d'Apremont, un très riche, un opulent propriétaire, mais pas autre chose.

Seulement il avait été secrétaire d'ambassade dans sa jeunesse; il avait même rempli une mission diplomatique auprès de je ne sais quel souverain. La mort de son père, qui survint à cette époque, réclama sa présence en Bourgogne, et le rendit à la vie privée. Ses domestiques, qui en avaient contracté l'habitude, continuèrent à l'appeler Excellence; les paysans suivirent cet exemple, et ce fut bientôt un usage dans le pays.

M. d'Apremont en riait le plus souvent; quelquefois aussi il se fâchait, ne croyant avoir aucun droit à cette qualification, mais rien n'y faisait, le pli était pris. Le plus flatteur des courtisans eût cessé de donner au plus absolu des monarques les titres qu'exige l'étiquette plutôt que les paysans n'eussent renoncé à appeler M. d'Apremont : « Votre Excellence. »

— Georges, dit le voyageur à l'enfant, tu n'as pas eu la tentation de t'approprier ce porte-monnaie?

— Oh! Monsieur..... fit le jeune garçon en rougissant jusqu'au blanc des yeux.

— Ne te fâche point, je sais que tu es probe, honnête et laborieux; ton père me l'a dit.

— Laborieux, monsieur! sans doute, je m'occupe autant que je puis; mais il n'y a pas toujours de l'ouvrage pour moi à la maison. Mon père et mes frères cultivent les vignes facilement à eux seuls.

— Alors tu devrais faire choix d'un métier quelconque et entrer en apprentissage.

— C'est ce que dit maman..... Mais votre cheval a envie de prendre le galop, ne le retenez point, Monsieur, car il fera certainement de l'orage.

— Je serai au château avant la pluie;

d'ailleurs je ne crains pas plus que toi d'être mouillé.

— Moi, Monsieur, j'y suis habitué, une ondée est si soudaine quelquefois, on n'a pas le temps de la voir venir. Et puis, lorsque nous arriverons au village, je serai chez moi, tandis qu'il vous faudra encore près d'une demi-heure de course avant d'arriver au château..... Votre Excellence est venue visiter sa propriété des Aulnes?

— Oui; mais laisse mon Excellence, enfant, et réponds-moi puisque nous cheminons de compagnie, car je suis décidé à faire route avec toi. Ta mère voudrait que tu entrasses en apprentissage?

— Oui, Monsieur, mais cela coûte beaucoup d'argent..... et puis il faudrait probablement m'envoyer à la ville.....

— Ce dont tu es charmé, sans doute?

— Oh! non, Monsieur, au contraire.

— Comment donc, et pourquoi?

— Parce que j'aime la vie des champs, les montagnes, les grands bois que le soleil visite rarement, les blés dont les épis s'élèvent plus haut que moi, nos vignes où la grive vient chanter en automne..... C'est beau la campagne!....

— Sans doute. Mais revenons à ce métier que ta mère désire te voir embrasser... je puis payer l'apprentissage.

— Oh ! Monsieur, s'écria Georges en joignant les mains.

— Que vois-tu d'extraordinaire à cela? je suis riche, et je partage avec ceux qui ont besoin... quoi de plus simple?

— Pour vous, Monsieur, mais les autres.... On vous admire et on vous bénit dans le pays, car.....

— Prends garde, mon ami ; sais-tu ce que c'est qu'un flatteur ?

— Un flatteur! non, Monsieur...

— Ne l'apprends jamais par expérience..... Mais ce métier..... lequel préfèrerais-tu?

Le petit garçon balbutia quelques mots, hésita, se tut, en regardant timidement son interlocuteur.

— Voyons, fit celui-ci avec bonté, choisis..... voudrais-tu être..... cordonnier, par exemple?

— Non, répondit Georges ; le cuir exhale une vilaine odeur, on est enfermé tout le jour, à peine a-t-on la vue du ciel.

— C'est déjà quelque chose.

— Oui, Monsieur, mais j'aime la terre..... verte au printemps, rouge, jaune, de toutes les couleurs en été, si douce à fouler aux pieds en automne, avec son tapis de feuilles désséchées; et l'hiver, blanche, oh! mais blanche comme.....

— Comme ta jeune âme innocente, interrompit M. d'Apremont en souriant. Cet enfant a dans l'esprit une poésie naturelle et charmante, ajouta-t-il se parlant à lui même... Aimerais-tu, reprit-il tout haut, aimerais-tu à être boulanger?

— Non, Excellence.

— C'est cependant un métier dont chacun reconnaît l'utilité, et de tous le plus indispensable.

— Pas dans nos villages, Monsieur. Chaque famille a son pétrin, et les ménagères préparent elles-mêmes le pain... Or, je ne voudrais point me fixer à la ville...

— Enfin, il est d'autres professions : tailleur?...

— Oh! dit Georges avec une fierté

toute masculine, l'aiguille ne sied qu'aux femmes...

— Et aux êtres faibles, incapables de se livrer à des travaux plus fatigants... Et maçon, qu'en dis-tu ?

— C'est un état honorable, Monsieur ; mais la pierre est dure...

— Et ta main faible, ajouta le voyageur en considérant le frêle et gracieux enfant qui, pieds nus dans la poussière, trottinait à côté du cheval, lissant parfois de ses doigts brunis par le hâle le poil luisant et soyeux du bel animal.

— Mais, reprit M. d'Apremont, tu dois avoir de la préférence pour un métier quelconque ?

Le petit garçon sourit et ne répondit point.

— Tu ne veux pas m'avouer quelle est la profession que tu embrasserais le plus volontiers ?

— Excellence, je voudrais être jardinier.

— Jardinier ?

— Sans doute..... travailler la journée entière au beau soleil.....

— A la pluie, quelquefois......

— A la pluie, oui, j'aime la pluie.... Lorsqu'elle brille sur les fleurs, on dirait des perles, comme celles dont ma sœur fait des colliers et des bracelets.

— On dirait même quelque chose de plus charmant encore.

— Mais c'est très joli, les perles, lorsqu'elles sont rondes, bien taillées, et de couleurs mélangées.

— Laissons les verroteries..... Tu voudrais être jardinier, mon enfant?

— Oui, Monsieur, ne m'approuveriez-vous point?

— Si, vraiment; mais c'est un métier dans lequel il est très difficile d'exceller.

— Pensez-vous, Monsieur? Il me semble que c'est si facile, au contraire... On bêche, on ratisse, on arrose, on enlève les mauvaises herbes... on fait de petits creux dans la terre, on y dépose des graines... Dieu, qui est bon toujours, envoie un temps favorable, la plante s'échappe, ses feuilles se déplissent, s'étendent, grandissent, et elle devient haute, haute... elle se pare de petits boutons que le soleil fait éclore, et le jardinier n'a guère autre chose à faire que d'admirer les fleurs, en attendant les fruits... Mais comment la graine, déposée dans la terre, se gonfle et s'entr'ouvre, comment le germe sort, perce le sol si dur, je l'ignore... je sais seulement que Dieu l'a voulu... et Dieu ne sera jamais assez béni pour nous avoir donné toutes ces belles choses... A la campagne c'est une distraction continuelle de voir germer, croître et fructifier les graines... Au printemps, mon père a planté des pommes de terre... chaque jour j'allais épier le moment où écloraient les premières tiges... Elles sont venues, toutes, et si vertes... d'un beau vert sombre, un peu terne... A présent elles sont en fleur, des fleurs charmantes... Vous les aimez, ces fleurs, Monsieur ?

— Oui, Georges.

— Moi aussi, je les aime, tout le monde doit les aimer... Si j'étais riche, je voudrais avoir des fleurs de pommes de terre dans de grands vases de faïence ou de verre bleu... Fait-on des bouquets de ces fleurs, dans vos salons ?

— Non pas que je sache... Un roi cependant se montra un jour à ses courtisans avec une fleur de pomme de terre à sa boutonnière; mais ce n'était point par goût.

— Comment s'appelait ce roi, Monsieur, et pourquoi gardait-il cette fleur si ce n'était point par goût?

— Ce roi s'appelait Louis XVI. A cette époque la pomme de terre n'était pas encore cultivée en France, on ne pouvait parvenir à l'acclimater, les masses s'y refusaient énergiquement, elles ne voulaient pas de ce précieux légume, qu'on a appelé depuis le pain des pauvres. Louis XVI qui désirait faire prospérer cette culture, la prit sous sa protection et se para de cette humble fleur, pâle, modeste et sans parfum.

— Moi, si j'étais jardinier, dit Georges, j'aurais de vastes plates-bandes de pommes de terre; c'est si facile à faire croître : point de peine, presque point de travail. Lorsque, après l'hiver, on voit poindre ces jolies feuilles vertes, on se sent heureux et rasséréné, comme lorsque après l'orage on aperçoit l'arc-en-ciel... C'est parce qu'elle paraît la première au printemps que j'aime la chicorée aux belles fleurs jaunes... Il y en a beaucoup dans notre jardin, ainsi que des choux, des oignons, des haricots, et... c'est tout, je crois... Ah! il y a encore du cerfeuil, une jolie plante aux feuilles si minces, si menues, si mignonnement découpées, que le plus léger vent les agite... Et cependant délicates comme elles sont, la gelée d'hiver les flétrit à peine. Dès que viennent les chaleurs, la tige s'élance et grandit, elle se couvre de boutons presque imperceptibles, le soleil en fait craquer l'enveloppe, la fleur s'ouvre toute blanche, petite, à peine visible; il y en a une quantité sur chaque tige : ce sont de vrais bouquets...

— Cela s'appelle des fleurs en ombelle, interrompit M. d'Apremont.

— En ombelle? repartit Georges; bien, je retiendrai ce mot... je les ai comptées ces fleurs; et considérées de près, elles sont si charmantes à voir! Le croiriez-vous, si minces et si petites, elles sont encore divisées en cinq parties!...

— En cinq pétales.

— Pétales? prononça Georges lentement, comme pour graver ce mot dans sa mémoire. Et, continua-t-il, au milieu s'élève une petite tige, ou plutôt un fil mince et délié, terminé par une espèce de boule qui contient une poussière jaune.

— Cette poussière presque invisible et impalpable s'appelle le pollen; les fils déliés sont les étamines. C'est de là, plus tard, que viendra la graine. S'il n'y avait point d'étamines, la fleur tomberait et ne fructifierait point... En voilà bien assez, mon ami; je n'avais pas l'intention de te donner une leçon de botanique...

M. d'Apremont se tut un instant, puis il reprit :

— Nous allons entrer au village qu'habite ton père?

— Oui, Monsieur.

— Tu me conduiras chez lui.

— Volontiers, Monsieur; mais l'orage?...

— Je ne m'arrêterai qu'un instant; en quelque temps de galop je serai au château, et à coup sûr avant la pluie.

— Alors, dit Georges en désignant une

habitation rustique, d'un extérieur propre et avenant, voilà la maison, Monsieur.... Père, cria-t-il, c'est son Excellence qui vient vous voir!

La porte à demi-close s'ouvrit avec fracas. Deux ou trois hommes et une femme acoururent, suivis d'une troupe de marmots. Le voyageur confia son cheval à un petit garçon, et entra dans la maison, où tous l'accompagnèrent la tête découverte. Les jeunes frères de Georges regardaient le visiteur avec de grands yeux ébahis, d'un air stupéfait qui annonçait de profondes réflexions; ils tenaient obstinément leurs doigts fixés dans leur bouche largement ouverte. Seul un baby de deux ans, impassible au milieu du tumulte, s'obstina à rester coiffé de son bonnet de laine. Georges, irrité de ce manque de decorum, saisit le couvre-chef et le lança sur une table. L'enfant dépossédé de sa coiffure se prit à pousser des cris horribles en plongeant ses deux mains dans sa chevelure touffue. Les plus grands garçons essayèrent vainement de l'apaiser, lui promettant tout un monde brillant et fantastique de joujoux, de pantins et de toupies : rien n'y fit ; on ne pouvait le satisfaire qu'en lui rendant son bonnet. Enfin M. d'Apremont impatienté en coiffa lui-même, et de travers, le turbulent marmot qui, cessant soudain ses cris, se blottit dans un coin où il demeura plongé dans une silencieuse jubilation.

Le voyageur, qui avait hâte de retourner chez lui, exposa en quelques mots le sujet de sa visite. Il désirait prendre Georges au château en qualité d'aide jardinier, et il offrait au pauvre enfant un salaire proportionnellement fort élevé. Cette demande fut acceptée sur-le-champ et accueillie avec reconnaissance.

— Je n'ai pas droit à tant de remercîments, dit M. d'Apremont qui n'aimait point à pratiquer le bien avec ostentation, et cherchait à faire accueillir ses bienfaits comme des choses toutes naturelles ; ici l'avantage sera entièrement pour moi, car c'est un excellent ouvrier que je me procure. Georges est intelligent, laborieux, probe surtout, j'en ai acquis la preuve aujourd'hui même ; il grandit, il devient sérieux et raisonnable, ce sera dans peu de temps un précieux jardinier... Vous voyez que je sais calculer et que vous ne devez point de reconnaissance...

Ce n'était pas l'avis de ces braves gens, qui recommençaient à accabler le visiteur de remercîments et de bénédictions, lorsqu'il y coupa court en s'élançant à cheval et en disparaissant au galop.

II

Deux jours après, Georges se rendit au château, le cœur allègre, le sourire sur les lèvres, mais cependant les yeux un peu rouges, car il quittait pour la première fois son père, sa mère, ses frères, ses sœurs, ses bons amis du village, tout ce qui enfin jusqu'à présent avait été pour lui l'univers.

Ce château était une construction charmante et toute moderne. Elle n'affectait point un air somptueux et grandiose, seulement c'était une demeure des plus agréables; les propriétaires se plaisaient sans cesse à l'orner et à l'embellir, et tout y était du plus minutieux confort, de la plus extrême élégance.

Un magnifique jardin, un parc d'une vaste étendue lui formaient une éblouissante ceinture et l'abritaient sous les hautes cimes de leurs vieux arbres.

M. d'Apremont, sa femme, ses enfants et quelques visiteurs étaient réunis dans un salon d'été lorsqu'on annonça le nouveau jardinier. M. d'Apremont le fit introduire, et Georges, sans trop de gaucherie, vint saluer ses maîtres.

— Mes enfants, dit le chef de la famille, voici un bon petit garçon, bien docile, bien laborieux; il a quitté aujourd'hui sa mère pour la première fois, traitez-le avec bonté, et faites en sorte que chez nous la vie ne lui soit point trop pénible.

La recommandation était inutile : chacun souriait au pauvre enfant.

— Et toi, Georges, continua M. d'Apremont, tu obéiras toujours à tes jeunes maîtres, n'est-il pas vrai ?

— Oui, Monsieur, dit le petit paysan

dont le cœur battait vivement. Il n'avait point encore osé lever les yeux.

— Il s'appelle Georges? demanda un jeune garçon ; eh bien! maître Georges, regarde-nous un peu... Voyons, est-ce que nous te faisons peur?

L'enfant souleva ses longues paupières et les baissa aussitôt. Les splendeurs de l'appartement l'avaient ébloui.

— Lequel de vous, demanda M. d'Apremont, se charge de conduire Georges au jardin?

— Moi! s'écria une petite fille de sept ans, aux cheveux blonds et bouclés.

— J'en étais sûr, repartit son père; dès qu'il s'agit de rendre service à quelqu'un, de faire bon accueil à un étranger, mon joli chérubin s'en charge.

— Il ne faut pas m'appeler un chérubin, papa, dit gravement la petite fille.

— Pourquoi, mademoiselle Alice?

— Parce que les chérubins sont des anges aimés de Dieu.

— Et toi, n'es-tu pas aimée aussi du bon Dieu?

— Mais je ne suis pas un ange. Songe donc, papa... c'est me donner de l'orgueil que de m'appeler ainsi... d'ailleurs les anges habitent dans le ciel.

— Et mon Alice, je l'espère, vivra de longues années sur la terre.

— Ma chère enfant, dit la mère, conduis ce pauvre petit garçon à l'office, et fais-lui servir quelque chose : il doit avoir faim.

— Soyez tranquille, maman, repartit Mlle Alice, je présiderai moi-même à son repas.

— Fais-lui visiter le jardin et les serres, ma mignonne, repart M. d'Apremont, il sera enchanté de tout ce qu'il verra, car il aime beaucoup les fleurs.

— Irai-je avec eux, mon père? demanda une grande jeune fille de treize ou quatorze ans.

— Non, Alice est raisonnable, ne lui enlevons point le plaisir de jouer un peu le rôle de maîtresse de maison.

La petite fille sortit après avoir engagé le jeune paysan à la suivre. Elle le conduisit à l'office, fit arranger la table par les domestiques, et voulut absolument servir elle-même le goûter. Elle était dans le ravissement. Il y avait assez longtemps qu'elle préparait les dînettes de sa poupée, convive insensible et muette; elle était charmée de pouvoir enfin présider au repas d'une créature vivante, raisonnable, et surtout douée d'appétit. Elle ouvrit les armoires et choisit pour son hôte ce qu'elle eût désiré qu'on lui offrît à elle-même : c'est-à-dire des confitures, des fruits, des compotes, des sirops, des crêmes... C'était une table délicieusement servie, mais un goûter plus délicat que succulent et substantiel. Il y avait gros à parier que Georges eût préféré un morceau de viande froide et bien épicée; cependant il mangea avec appétit.

Alice joyeuse entassait les friandises sur l'assiette de son convive; celui-ci avait un estomac complaisant; tout disparaissait en un clin d'œil. Cependant le jeu, car c'était un jeu pour elle, fatigua bientôt la petite maîtresse du logis.

— Avez-vous fini? dit-elle d'un ton boudeur; papa m'a recommandé de vous conduire au jardin.

Georges se leva prestement et sortit précédé d'Alice qui lui fit traverser plusieurs appartements. Enfin elle s'arrêta, lui dit quelques mots qu'il ne comprit point, et disparut légère comme une fauvette, laissant le pauvre garçon au milieu d'un couloir, et grandement embarrassé.

Deux voix, montées sur un diapason très aigu, se firent entendre dans la chambre voisine.

— Manette, Manette, disait-on, qu'allez-vous faire encore de ce baquet?

— C'est pour laver les jupes des enfants, madame Anselme.

— Les jupes des enfants!... Combien de fois par jour en changent-ils donc?

— Ne m'en parlez-pas... c'est un entretien!... Madame veut que les plus jeunes soient toujours vêtus de blanc, et ils sont si vifs, si étourdis...

— Oui, mais doux, complaisants, aimables...

— Je m'en soucie bien! ça ne m'empêche point de savonner et de repasser tant que le jour dure... Une tache, c'est sitôt fait, surtout sur une robe blanche.

— Blanche ou non, est-il nécessaire de changer une robe pour une tache? je ne le ferais pas, à votre place.

— Oui, et madame!... C'est elle qui

ne plaisante point... répondit Manette en sortant et en allant se heurter contre Georges. Tiens, tiens! s'exclama-t-elle étonnée, que fait ici ce petit drôle?

— Quel drôle? demanda Mme Anselme.

— Ce grand dadais donc, qui reste planté comme un terme dans le couloir.

Mme Anselme mit ses lunettes et alla regarder.

— Seul! fit-elle d'un air dédaigneux, c'est le nouveau jardinier.

— Le nouveau jardinier! cria Manette en déposant son baquet pour élever ses bras vers le ciel; est-il bien possible, Mme Anselme, qu'on ait renvoyé votre mari, lui qui est dans la maison depuis des années et des années?

— Qui vous parle de le renvoyer? repartit aigrement la dame; il ferait beau voir que mon mari cédât la place à ce gringalet; non, Mademoiselle, beaucoup sont venus au château après Anselme, qui en sortiront encore avant lui. Il ne s'en ira que les pieds devant, et dans son cercueil, le pauvre cher homme!

— C'est ce qu'il me semblait aussi... mais celui-ci...

— Celui-ci, fit Mme Anselme en regardant Georges avec un mépris écrasant, c'est un fainéant que Monsieur, qui est bon par dessus tout, a recueilli chez lui.

— Et que fera-t-il ?

— Pas grand'chose : sous prétexte d'aider à mon mari, il écoutera aux portes comme en ce moment.

— Comme en ce moment.... Vous avez raison, Mme Anselme, et nous qui étions là, à causer en confidence, et le cœur sur la main...

— Oui, le petit hypocrite racontera à Monsieur une foule d'histoires sur notre compte, afin de se faire bien venir de lui.

— Monsieur n'aime point les commérages, dit Manette.

— Et madame ?

— Madame non plus, vous le savez bien.

— N'importe, le petit sournois me revaudra cela... Eh bien! vilain drôle, t'en iras-tu? faut-il que je te congédie moi-même? Et prends garde que je te retrouve à rôder autour de ma cuisine...

Georges, rouge comme une pivoine, n'osa ire un mot pour se justifier. Il s'enfuit piteusement au jardin où Alice l'attendait : « Qu'avez-vous fait tout ce temps? lui dit-elle; j'étais allée mettre mon chapeau, en vous recommandant de vous rendre directement ici... Ne m'avez-vous pas comprise?... Vous n'êtes guère intelligent et avisé, M. Georges... Enfin je vais vous conduire auprès du jardinier.

— Père Anselme, cria-t-elle au mari de la terrible cuisinière, voici un aide que je vous amène.

— Un aide, ça, Mlle Alice? fit Anselme dédaigneusement.

— Un apprenti, si vous voulez...

— Un embarras plutôt... Les domestiques viennent de m'apprendre que Monsieur... Il avait bien besoin de recueillir au château ce petit vagabond.

— Il me semble que mon père est le maître, dit Alice d'un ton imposant.

— Pour ce qui est de ça... sans contredit, murmura Anselme en reprenant sa bêche.

Georges, le cœur serré et des larmes au bord de ses paupières, demeurait confondu en voyant la manière dont les domestiques l'accueillaient.

Alice, qui fixait sur lui ses grands yeux couleur de bluet, comprit sa douleur.

— Il ne faut pas prendre à la lettre ce que dit le vieil Anselme, chuchota-t-elle, il est méchant, grondeur, mais papa est habitué à lui et pourrait difficilement s'en passer... Venez, continua-t-elle, je vais vous montrer de bien jolies choses.

Des collections de plantes rares étaient disposées sur des gradins, d'autres, évidemment étrangères à notre climat semblaient cependant croître et s'épanouir en pleine terre, car on avait enfoui sous le gazon, et jusqu'au bord, les vases qui les contenaient. Des cygnes gracieux, qui accoururent à la voix d'Alice, s'ébattaient dans un petit étang au milieu de fleurs aquatiques.

Et des fruits, et des arbustes odoriférants, et des oiseaux; vraiment ce jardin était un monde où tout réjouissait la vue, l'ouïe, l'odorat et le goût.

Georges se sentait heureux en songeant qu'il allait vivre parmi ces merveilles. Il ouvrait de grands yeux, ne pouvant voir assez complètement. Il semblait qu'un nuage s'étendait entre sa vue et les objets qu'il voulait admirer.

— Comment s'appelle ceci ? disait-il.

Alice répondait complaisament.

— Et cela ? Et cela encore ?

Alice disait toujours.

— Et cette autre fleur si bizarre et si charmante ?

La jeune fille, fatiguée de ces questions multipliées, s'éloignait sans répondre. Elle partait vive comme un oiseau, et Georges avait peine à la suivre.

Enfin, ils arrivèrent à l'extrémité du jardin.

— C'est tout ? murmura le petit paysan avec un soupir.

— Non, ce n'est pas tout, repartit Alice... Anselme, les clefs des serres.

— N'y allez pas, Mlle Alice, répliqua le vieux jardinier, pas dans la dernière au moins.... Vous savez que certaines fleurs contiennent un poison subtil et mortel.

— Eh ! oui, je le sais... Mais pensez-vous que je vais cueillir ces fleurs, en respirer le parfum ou en sucer le suc, comme ferait un enfant ? repartit Mlle Alice, fière de ses sept ans, et se dressant avec majesté sur la pointe de ses petits pieds.

Georges d'ailleurs, continua-t-elle, sera avec moi.

— N'importe, vous eussiez dû vous faire accompagner par votre bonne.

— Pourquoi, Anselme? Je puis venir seule, papa le permet, il a confiance en moi comme en mes frères et en ma sœur; il sait que je ne désobéis jamais.

— Jamais! s'exclama Georges.

— Mais oui, dit simplement Alice.

— Ah! s'écria le petit paysan, cela vous est facile d'être bonne, vous êtes si heureuse!

— Je le crois comme vous, repartit la naïve Alice; car, voyez-vous, il est rare, oh! extrêmement rare que papa ou maman me gronde... En effet, pourquoi serais-je méchante? Dieu a été si bon pour moi, il m'a tout donné à profusion et il a droit à ma reconnaissance. En étant toujours soumis, laborieux autant qu'il nous est possible... Moi surtout, je dois être meilleure que les enfants qui ne sont pas aussi heureux que moi... meilleure que vous, par exemple, pauvre Georges...

— Mais, dit le petit jardinier, à moi aussi, Dieu a donné une bonne mère.

— Alors remercions-le ensemble, reprit Alice en entraînant son compagnon dans une grotte rustique au fond de laquelle s'élevaient une croix et une statue de la sainte Vierge.

Les deux enfants s'agenouillèrent; la petite fille fit à voix haute une prière que Georges répéta tout bas, puis se relevant :

— J'aime cette grotte, dit-elle ; souvent j'y viens apprendre mes leçons... les domestiques n'y entrent point, mais vous pourrez y prier lorsque cela vous fera plaisir... A présent, allons visiter les serres.

Ils ne demeurèrent qu'un instant dans l'orangerie qui, en hiver, contenait les plantes les moins délicates; mais qui à cette époque se trouvait presque entièrement vide.

La serre tempérée renfermait quelques plantes rares et curieuses. Alice les nomma rapidement, et courut la porte qui conduisait à la dernière serre, celle dans laquelle il déplaisait à Anselme que l'on pénétrât.

Il y régnait une atmosphère lourde

humide, étouffante, dans laquelle on n'aurait pu vivre longtemps.

Alice, fermant soigneusement la porte, s'assit auprès d'un buisson de bananiers nains.

Et Georges ?

Il n'en pouvait croire ses yeux ; il semblait qu'il fût transporté dans un monde étrange et fantastique. Il lui parut que des insectes brillants, des reptiles bizarres et monstrueux remplissaient cette singulière demeure : les uns s'attachaient aux murs et se soutenaient ainsi par un prodige d'équilibre ; d'autres, serpents gigantesques, s'enroulaient dans des corbeilles suspendues, et laissaient pendre jusqu'à terre leurs anneaux souples et onduleux ; certains étendaient vers le visiteur des antennes menaçantes... Et parmi ces étranges animaux, se tenaient immobiles de gigantesques papillons, des oiseaux dont les ailes diaprées s'étendaient frémissantes, prêtes à prendre leur vol.

C'étaient des couleurs, des parfums à donner le vertige... Les regards de Georges devenaient vagues, ses mains tremblaient, il pâlissait, il n'appartenait plus au monde visible et matériel; tout lui apparaissait sous une forme idéale et charmante; Alice elle-même ne se montrait plus à lui qu'indistinctement, placée comme elle était dans la pénombre. Il lui semblait que les cheveux blonds de la petite fille se détachaient en auréole autour de sa tête; sa robe blanche lui paraissait affecter des formes de tunique, et il n'eût point été étonné s'il eût vu des ailes d'ange s'attacher à ses épaules soigneusement recouvertes d'un fichu de mousseline.

— Eh bien! demanda la petite fille qui s'ennuyait du silence de son compagnon, que pensez-vous, Georges, de toutes ces choses?

— Moi? fit le futur jardinier en tressaillant, comme lorsque l'on s'éveille brusquement au milieu d'un rêve.

— Sans doute, repartit Alice en riant, vous avez un air si drôle.... vous regardez toutes ces fleurs avec une mine effarée, on dirait que vous en avez peur...

— Ce sont des fleurs?...

— Et quoi donc? des perles, des rubis, des pierres précieuses, peut-être, comme il y en a dans les jardins des contes des fées?

— Mais cela? demanda Georges en désignant une sorte de serpent gigantesque qui paraissait le regarder avec de grands yeux blancs veinés de pourpre.

— Ce sont des stanhopéas, répondit Alice qui cueillit une fleur et l'offrit à l'enfant; avez-vous jamais respiré un parfum plus pénétrant et plus suave?

— Non, repartit le paysan en regardant avec admiration les siliques d'une plante rare qui s'étendait devant les vitraux.

— C'est la vanille, dit Alice; mon père ne la fait cultiver que depuis peu de temps; c'est de toutes ces plantes celle qu'il préfère. Mais il est très difficile de l'acclimater.... Sortons, continua la petite, cet air est mauvais à respirer longtemps.

— Sortons, balbutia Georges qui ne pouvait s'habituer à cette atmosphère saturée d'arômes pénétrants.

— A présent, lui dit Alice lorsqu'elle l'eut reconduit au jardin, je vous laisse avec Anselme, et je vais rejoindre maman.

III

Plusieurs jours se passèrent ; Georges aurait dû être heureux : il avait une jolie chambre, propre, bien rangée, une nourriture saine et substantielle ; M. et Mme d'Apremont et leurs enfants lui témoignaient une bienveillance toute particulière ; cependant il semblait continuellement en proie à une sorte de chagrin. Il regrettait la maison paternelle, sans doute, mais cela ne pouvait le rendre ainsi triste et pensif, car il avait témoigné une grande joie en venant habiter au château, et ce jardin dans lequel il passait ses journées lui avait semblé d'abord un véritable Eden.

Le maître n'avait point soupçon de la secrète douleur de l'enfant, qui la cachait soigneusement pour ne point causer d'ennui à ses bons protecteurs. Seule dans la maison, Alice connaissait peut-être ce qu'il souffrait, car elle lui parlait souvent de courage, de résignation, et l'engageait à supporter patiemment les peines qu'il plaisait au Seigneur de lui envoyer. Les secrets chagrins de Georges provenaient uniquement de la méchanceté des domestiques, qui, le vieil Anselme surtout, ne pouvaient le souffrir. Ils le rudoyaient à tout propos, ne voulaient point l'admettre à leur table et lui faisaient manger dans un coin ce qu'il plaisait à la redoutable Mme Anselme de lui octroyer; ils ne se gênaient pas pour se faire servir par lui et pour lui infliger de sévères corrections. Mme Anselme avait la main prompte, mais non pas légère, et Georges en conservait souvent l'empreinte sur sa joue.

L'enfant montrait beaucoup de résignation et accomplissait sa tâche sans murmurer, se disant à lui-même lorsqu'elle semblait trop lourde : « Pour Dieu et pour ma mère. »

Georges employait ses heures de récréation à orner le jardin de la petite fille. Il avait d'abord demandé à Anselme des boutures et des plants, à quoi le vieux jardinier répondit par un refus énergiquement accentué. L'enfant s'en plaignit à Alice, qui éprouva quelque chagrin. Mais comme elle ne parlait jamais à ses parents des torts que les domestiques pouvaient avoir à son égard, elle ordonna à Georges de se taire aussi, de ne plus prendre de boutures dans le grand jardin, et de soigner seulement celles qui se trouvaient dans son jardin à elle.

Le petit garçon promit tout ce qu'elle voulut ; mais il était désolé de ne pouvoir orner à sa fantaisie le parterre de sa jeune maîtresse.

Anselme, vieux et chagrin, se trouvait choqué de la constante bienveillance que les enfants de la maison, et surtout la plus jeune fille, témoignaient au petit paysan; aussi ne laissait-il échapper aucune occasion de faire ressortir les fautes et les étourderies du pauvre garçon.

Si le matin Georges le priait de lui désigner l'ouvrage qu'il aurait à faire pendant la journée, il haussait les épaules, répondait par monosyllabes, finissait par dire que M. Georges était un fainéant, un propre à rien, qu'il était bien inutile de chercher à l'occuper puisqu'il ne faisait que de mauvaise besogne; qu'il n'était bon qu'à planter des fleurs dans les petits jardins, comme font les enfants.

Georges baissait la tête, prenait sa bêche et ne répliquait mot.

— Puisque vous me demandez de l'ouvrage, lui dit un jour Anselme, plantez ces choux d'automne que j'ai déposés sur le gazon.

— Volontiers, repartit l'enfant; mais où les mettrai-je?

— Où? quelque part dans le jardin, je suppose... mais pas dans le potager, il est rempli à ne pouvoir plus contenir même une salade... Cherchez du côté des champs quelque endroit bien exposé au soleil, sarclez et béchez convenablement, puis plantez ces choux : moi je ne m'en mêle plus.

L'enfant obéit en silence ; il se rendit au lieu que le vieux jardinier lui avait indiqué, il chercha partout une place favorable, et avisa enfin un espace de terrain assez considérable, que l'herbe avait complètement envahi. Ce coin de terre, séparé du jardin par un léger grillage, lui parut bien exposé et très propre à la culture. Le terrain était bon, fertile, mais entièrement couvert par ce gazon épais, dru, compact, où abondaient les fleurs des champs.

Georges s'étonna de l'incurie d'Anselme qui abandonnait ainsi une terre favorable à la végétation, et, sans perdre une minute, il s'occupa avec ardeur à enlever les herbes. C'était un ouvrage long et fatigant, car le gazon des prairies est moins haut et moins touffu que ne l'était celui-ci, qui semblait avoir été brouté par places, et foulé comme si quelque animal fût venu s'y ébattre. Anselme regardait le jeune paysan du coin de l'œil et souriait méchamment.

Le soleil allait disparaître à l'horizon

quand enfin la tâche que Georges s'était imposée se trouva terminée. Il râtissait une dernière fois, il parachevait son ouvrage d'un air satisfait, lorsqu'une voix s'éleva derrière lui, impatiente et chagrine : — Vilain enfant, qu'avez vous fait?

— Moi, M. Ernest, dit le petit jardinier étonné de se voir interpeller ainsi par son jeune maître, j'ai enlevé les mauvaises herbes dont ce terrain était couvert.

— Et vous avez fait de belle besogne! s'écria M. Ernest avec une nuance de colère dans la voix. A quoi avez-vous jugé que ces herbes étaient mauvaises ?

— Dame! Monsieur, des herbes dans un jardin!

— Ceci n'est point un jardin ; j'y amenais chaque jour mon petit chevreau, afin qu'il broutât en liberté. Où le conduirai-je à présent ?

— Si j'avais su... balbutia Georges.

— Il fallait savoir, reprit péremptoirement Ernest. N'avez-vous pas vu le grillage que j'ai fait placer autour de cet enclos ? Mais vous ne travaillez que selon votre bon plaisir, Anselme me l'a dit, et il vous a plu de venir bouleverser mes plantations.... Vraiment, pas une seule branche de cytise, pas un buisson de chèvrefeuille et d'azerolier n'a été épargné par votre bêche...

— Monsieur Ernest, murmura le malencontreux jardinier, je suis désolé...

— Et moi aussi, répliqua vertement M. Ernest.

— Si Anselme m'avait appris...

— Appris quoi? demanda aigrement Anselme qui s'était approché et écoutait radieux les reproches qu'on adressait à l'enfant; vous ne m'avez rien demandé, vous n'avez rien à apprendre; vous êtes bien trop avisé et trop malin pour cela.

— Va, mon pauvre Georges, dit Ernest, tu ne seras jamais qu'un méchant jardinier.

Celui-ci, vivement peiné, s'assit sur les herbes et les arbrisseaux qu'il avait amoncelés, et demeura longtemps ainsi, la tête plongée dans ses mains. La petite Alice, qui l'aperçut, vint l'arracher à ses tristes réflexions.

— Georges, qu'avez-vous? lui dit-elle de sa voix insinuante et douce.

Il se leva et lui conta sa mésaventure.

— Le pauvre Ernest, s'écria-t-elle lorsqu'il eut achevé, il doit être bien fâché... il aime tant ce chevreau... Mais, voyez-vous, Georges, ce n'est pas votre faute si ce petit malheur est arrivé ; ainsi vous avez tort de vous désoler... Vous croyiez bien faire, n'est-il pas vrai, et vous avez eu beaucoup de peine pour arracher toutes ces herbes ?

— Oui, Mademoiselle, j'y travaille depuis ce matin... C'est ce vieux scélérat d'Anselme qui est cause...

— Chut ! oh ! chut, Georges, vous me désolez en parlant ainsi de ce bon vieillard.

— Bon vieillard !... Si vous saviez, Mademoiselle, toutes les ruses et les méchancetés que renferme sa tête blanche...

— Et quand cela serait? dit gravement Alice, est-ce une raison pour manquer de respect à un homme âgé, à votre supérieur, car vous êtes obligé de lui obéir... Mais, reprit-elle plus doucement, je suis fâchée de vous voir aussi désolé.

— J'ai bien sujet de l'être, murmura le petit jardinier, j'ai travaillé tout le jour et sans relâche, malgré la chaleur...

— Eh bien ! Georges, vous savez que que nous ne devons point attendre notre salaire des hommes, mais de Dieu.... Votre intention était excellente, et cela suffit au Seigneur qui lit dans le cœur pour juger les actions... Votre travail sera récompensé dans le ciel, et non pas sur la terre... Cela ne vaut-il point infiniment mieux ?

— Sans doute, Mademoiselle ; mais M. Ernest ?...

— Je veux vous réconcilier avec lui... Vous irez à la ville, vous achèterez des graines de gazon et des jeunes arbrisseaux, comme ceux que vous avez arrachés... Vous planterez les arbustes et vous sèmerez les graines, ainsi qu'on fait pour les prairies artificielles... Dans quelque temps les herbes s'élèveront vertes, vivaces, et le jeune chevreau viendra de nouveau les brouter.

— Vous avez raison, Mademoiselle, s'écria Georges tout joyeux ; je me rendrai à la ville demain...

IV

— Georges, dit un jour Alice au petit garçon, où donc faites-vous vos prières du matin et du soir?

— Dans ma chambre, mademoiselle... et lorsque l'ouvrage presse, que je me suis éveillé un peu tard, ou que le soir j'ai travaillé jusqu'à la nuit close, je prie tout en jardinant.

— Vous avez tort : Dieu exige que nous lui consacrions chaque jour quelques instants... Lorsqu'on prie, on doit être occupé de sa prière à l'exclusion de toute autre pensée ; l'on ne doit point chercher à se distraire en travaillant... Je parle des prières du matin et du soir ; car durant le jour, au milieu de nos occupations, notre cœur devrait s'élever constamment vers Dieu... Vous souvenez-vous de la grotte où nous avons prié ensemble le jour de votre arrivée ?

— Oui, mademoiselle.

— J'ai demandé à maman de me la céder à moi seule, elle y a consenti... ce sera désormais ma propriété, je l'arrangerai comme il me plaira... j'ai résolu d'en faire une petite chapelle... Vous m'aiderez à la décorer ?

— Oui, dit Georges joyeux.

— J'ai découvert au château, dans une chambre inhabitée, deux très beaux vases, et si grands que je ne pourrais les transporter ici. Vous vous chargerez de ce soin, et chaque matin vous remplirez ces vases des plus jolies fleurs du jardin.

— Mais comment ferons-nous ? Anselme m'a défendu de toucher aux fleurs quelles quelles fussent... Il est vrai que je puis les cueillir en cachette, lorsqu'il sera occupé...

— Non, non, Georges, gardez-vous-en bien, ce serait très mal... A proprement parler, ces fleurs n'appartiennent point à Anselme; néanmoins vous êtes sous sa dépendance, obligé de vous soumettre à lui... Cueillir une fleur lorsqu'il vous l'a défendu, ce serait désobéir... Mais je parlerai à maman, bien qu'il me déplaise de l'entretenir des domestiques; elle ordonnera à Anselme de vous laisser composer ces bouquets à votre fantaisie... Vous apporterez aussi dans la grotte un prie-dieu, que je vous indiquerai, des candélabres, un bénitier et mon beau livre de prières à images... J'aime les gravures dans les livres.

— Moi aussi, interrompit Georges.

— Car, voyez-vous, continua Alice, je ne lis pas encore très couramment, et les gravures m'expliquent le texte lorsque je ne le comprends point... Ainsi, c'est convenu... et soir et matin vous ferez votre prière dans notre chapelle, car elle sera à nous deux.

Alice devenait chaque jour plus douce, plus pieuse, plus obéissante; sa mère, étonnée et ravie de voir tant de raison et de vertu chez une aussi jeune enfant, disait quelquefois :

— Il semble qu'Alice ne veut plus demeurer avec nous, qui sommes trop imparfaits pour elle, et qu'elle désire aller vivre parmi les anges.

Le pauvre Georges, lui, était loin de vivre avec des anges. Mme Anselme était toujours aussi brutale, Manette toujours plus acariâtre et impérieuse; les autres domestiques renchérissaient de mauvais traitements envers lui; Anselme devenait affreusement taquin, maussade, sournois et contrariant.

Le vieux jardinier, très expert en tout ce qui concerne son métier, n'en avait pas moins adopté une certaine routine dont il ne se départait jamais. M. d'Apremont était obligé parfois d'entrer en discussion avec lui, mais il était rare qu'il modifiât la manière de voir du bonhomme. Anselme, entre autres choses, n'avait jamais voulu suivre les conseils de son maître pour la culture des vanilliers, tellement que celui-ci, impatienté, prit la peine d'expliquer à Georges comment il fallait soigner ces fleurs, et les lui confia entièrement.

L'enfant comprit tout avec son intelligence ordinaire, et déclara qu'il se chargeait des vanilles, et que monsieur serait content de lui.

C'est tout au plus si Anselme était content, lui ; mais il ne dit rien.

Cependant huit jours, quinze jours s'écoulèrent ; Georges soignait les précieuses plantes avec ferveur, il ne songeait qu'à elles, il rêvait d'elles, et respirait à chaque instant avec délices leurs siliques parfumées ; il les gardait avec les plus minutieuses précautions, il leur distribuait avec un soin méticuleux l'air, l'eau, le soleil, la tiède humidité, et l'humus qui les fait vivre.

Cependant les belles exilées s'étiolaient, jaunissaient, ne végétaient plus qu'avec peine, comme si elles eussent regretté le pays natal ; elles laissaient pendre tristement leurs rameaux autrefois si vigoureux, elles dépérissaient visiblement. Le petit jardinier s'arrachait les cheveux de désespoir.

Il les eût arrachés jusqu'au dernier que

le mal eût été aussi bien sans remède, car les plants de vanille se desséchèrent tous; oui, tous; c'était comme une fatalité. Les pauvres fleurs périrent sans exception aucune... C'est une chose triste la mort d'une fleur.

Qui fut bien grondé ? Ce fut Georges. Assurément M. d'Apremont, profondément irrité, l'accusa de négligence, d'étourderie, et refusa de croire qu'il eût suivi ses conseils à la lettre, ce qui était vrai pourtant.

L'apprenti jardinier ne pouvait se consoler; la perte de ces fleurs l'avaient plongé dans un profond étonnement, et il se demandait avec stupeur quelle cause mystérieuse les avait fait ainsi dépérir.

Il l'apprit bientôt.

Il s'occupait avec un soin tout particulier de boutures de bruyères du Cap qu'il destinait à Alice. Il ne leur avait épargné ni la terre convenable ni les tièdes rayons du soleil d'automne au travers de leurs cloches de verre, ni les arrosages fréquents.

Néanmoins les pauvres plantes jaunissaient et menaçaient d'avoir la même fin que les vanilliers. C'était à n'y rien comprendre.

Anselme riait méchamment et se moquait du jardinier improvisé.

L'enfant soupçonna ce vilain homme de n'être point étranger au désappointement qu'il éprouvait.

Il le guetta et le surprit un soir comme il versait sur les bruyères une substance qui devait causer le dépérissement des plantes.

Georges indigné se plaignit énergiquement. Il déclara qu'il allait tout découvrir à M. d'Apremont et s'en référer à sa justice, car il ne voulait pas souffrir plus longtemps cette odieuse persécution.

— J'en sais assez pour vous faire chasser, lui dit-il.

— A votre aise, mon petit, repartit Anselme ; j'arrose vos fleurs et vous vous plaignez ; c'est avoir le caractère bien mal fait... Mais apprenez que je n'attendrai point que l'on me chasse pour quitter la maison... On verra s'il est facile de remplacer un jardinier comme moi.

Georges se tut. Il savait, Alice le lui avait dit, que M. d'Apremont tenait beaucoup à conserver chez lui le vieil Anselme, qui, parmi tous ses travers, avait de bonnes qualités.

Le pauvre enfant eût été desolé de causer une contrariété, si légère qu'elle fût, à son bienfaiteur, et il résolut de garder le silence sur cette aventure. Mais cela ne faisait pas le compte d'Anselme qui devina la pensée du petit garçon, et lui dit : « Oui, je suis résolu à partir, et je ne resterai ici qu'à une condition, c'est que vous vous en irez vous-même.

— Moi ! s'écria Georges abasourdi.

— Oui, vous ; il y a assez longtemps que vous me contrecarrez, et que par vos manières hypocrites vous captez entièrement les bonnes grâces de mes maîtres.

— Monsieur Anselme, pria Georges, je vous en conjure...

— Oui dà, fit le jardinier, vous menaciez tout à l'heure, et vous suppliez à présent ? le tout en pure perte... Je parlerai à Monsieur, qui choisira entre nous.

— Il est inutile d'ennuyer Monsieur de ce débat, je m'en irai, dit Georges résolument. Et il s'éloigna sans voir Alice qui les observait.

Le pauvre enfant remonta bien triste dans sa petite chambre. Il était décidé à partir pour épargner à son maître la contrariété d'avoir à opter entre un vieux et fidèle serviteur et un petit garçon intelligent, plein de bonne volonté sans doute, mais ignorant et inexpérimenté. Georges songea aux enfants si bienveillants à son égard ; il songea à Alice surtout, cette douce et charmante fille, la joie et le bonheur du logis, et son cœur se serra à l'idée qu'il allait les quitter pour toujours. Comme il n'était point disposé au sommeil, il ouvrit sa fenêtre, s'y accouda et laissa ses regards errer sur le jardin.

En ce moment une petite main frappa à la porte un coup léger.

— Ouvrez, fit Georges qui ne savait quelle visite lui arrivait.

Alice entra suivie de son père.

—Pourquoi nous quittez-vous? demanda l'aimable petite.

Il baissa la tête, triste et confus.

— J'ai entendu en partie, votre altercation avec Anselme; je sais combien vous devez être fâché contre lui.... Il faut vous dire que je n'ignorais point que c'est lui qui a fait périr les vanilles.

— Tu le savais? s'écria M. d'Apremont.

— Oui, papa; ce n'est pas pour rien que tu m'appelles ton lutin familier: je cours toute la journée dans la maison, personne ne se défie de moi, et j'apprends bien des choses.

— Mais tu ne m'as pas dit?...

— Certes, non. Dénoncer ce pauvre homme, ce serait affreux.... Nous devons cacher autant que possible les défauts de notre prochain.... seulement j'ai prié Anselme d'être bon pour Georges, de ne point lui faire de peine.... Je crois que le pauvre vieillard m'a comprise, mais il est obstiné et rancunier; rien n'a pu le détourner de son projet. Il savait que je ne le dénoncerais point...... Et vous voulez nous quitter, Georges! N'avons-nous pas été bons pour vous?

— Ah! si, s'écria l'enfant avec une profonde reconnaissance; mais Anselme m'a donné à entendre qu'il me ferait chasser......

— Propos de vieillard en colère, dit M. d'Apremont; tu es trop susceptible, mon ami.

— Mais il me vexe en toute occasion, repartit Georges.

— Ne pouvez-vous le supporter? demanda la douce Alice; la religion ne nous commande-t-elle point la patience et le pardon des injures? Vous l'avez lu dans le livre que je vous ai prêté.

— Je puis pardonner beaucoup, murmura le petit garçon, mais pas autant......

— Il faut pardonner tout et toujours, Georges; vous savez bien que Dieu ne nous pardonne qu'à condition que nous pardonnerons à ceux qui nous ont offensés.... Oui, nous savons toutes ces choses, et néanmoins nous conservons de la rancune envers notre prochain.... nous sommes si orgueilleux, si susceptibles....

— Ne dites pas nous, Mlle Alice, interrompit Georges, car vous êtes bonne et parfaite en tout.... Je suis bien sûr que vous ne vous fâchez jamais contre votre prochain.

— Cela m'est impossible : chacun me témoigne tant de bienveillance.... Je n'ai aucun mérite à pratiquer des vertus si faciles; ce n'est pas comme vous, pauvre Georges!

— Mais je pardonnerai à Anselme, puisque vous le désirez....

— C'est Dieu qui le désire, et c'est à lui que vous devez obéir.... Du reste, mon père parlera demain sévèrement au vieux jardinier.

— Si monsieur avait l'extrême bonté de dire aussi quelques mots à Mme Anselme...... hasarda Georges.

— Oui, répondit en riant M. d'Apremont.

— Et à Manette, et au cocher, et......

— Et à toute la maison enfin, n'est-ce pas, Georges?

— Dame, monsieur, je n'en aurais jamais parlé, si......

— Mais, dit Alice, il faudra vous plier, vous aussi, aux manies de ces vieux serviteurs, supporter leur humeur chagrine.... Ainsi, demain, n'est-il pas vrai, vous vous excuserez auprès d'Anselme de votre vivacité d'aujourd'hui?

L'enfant le promit d'assez mauvaise grâce, mais enfin il le promit, et de ne point quitter le château.

Sur cette assurance Alice prit la main de son père et sortit.

V

Dès lors la position de Georges s'améliora sensiblement. Anselme, certes, ne lui témoigna nulle affection, mais il ne le brusqua plus, et lui parla presque poliment. L'enfant fut reconnaissant, et sa reconnaissance se porta naturellement vers M. d'Apremont et Alice, auxquels il était redevable de ce changement.

Soutenu par les conseils et les encouragements de la pieuse et charmante fille, il redoubla de reconnaissance, de zèle, d'activité, et chercha sinon à gagner l'amitié, du moins à se faire supporter par les domestiques.

Vers le milieu d'octobre, Anselme et

son jeune aide étaient occupés à rentrer dans les serres les plantes qui avaient passé l'été en plein air.

Le jardin était triste dans sa parure d'automne. La bise avait amoncelé au milieu des allées les feuilles mortes qui se brisaient sous le pas des promeneurs; une gelée précoce avait flétri les dalhias et les dernières fleurs des rosiers remontants. Seules les chrysanthèmes, qui attendent les premiers froids pour s'épanouir, paraient encore les plates-bandes.

Alice, malgré l'âpreté piquante du vent du nord, sautillait au milieu des corbeilles, soigneusement enveloppée dans une robe de cachemire blanc; car, bien qu'elle eût sept ans accomplis, elle était toujours vêtue de blanc comme les tout petits enfants.

Georges se tenait dans une serre, le jardinier dans une autre.

— Anselme, vint dire la petite fille à ce dernier, allez, je vous prie, remplir cet arrosoir au bassin, je veux arroser mes fleurs qui sont dans la grotte.

— Je ne puis quitter mon ouvrage à présent, repartit le maussade domestique.

4

Elle ne répliqua pas, prit elle-même son arrosoir et alla l'emplir au bassin.

Il avait plu, la terre était humide, les bords du bassin fangeux; le petit pied d'Alice glissa au moment où elle se penchait pour remplir d'eau le récipient qu'elle tenait à la main. Elle chancela, voulut se retenir aux herbes aquatiques, mais ce fut inutilement : elle tomba dans l'eau en poussant un cri léger.

Georges entendit ce cri, et vit au travers des vitres une robe blanche flotter sur le bassin comme une immense fleur de nénuphar.

Il accourut, se précipita dans l'eau à son tour, saisit l'enfant, la transporta sur la rive, et toujours courant avec son léger fardeau, il le remit à la mère.

Mme d'Apremont apprit l'accident arrivé à sa fille au moment même où elle la reçut entre ses bras.

Georges se retira chez lui pour changer de vêtements, et revint demander aux domestiques des nouvelles d'Alice.

A ses questions réitérées on répondit brutalement par quelques mots insignifiants qui ne lui apprirent rien.

Seulement le petit paysan vit avec un serrement de cœur inexprimable le cocher apprêter la voiture, et partir au grand trot de ses chevaux à la recherche d'un médecin.

Georges attendit jusqu'à la nuit pour obtenir un mot, un renseignement, une parole consolante.

— Allez dormir, lui cria enfin la terrible Mme Anselme, qu'avez-vous donc à rôder sans cesse dans les appartements?

Il balbutia le nom d'Alice.

— Elle est mal, très mal, repartit la cuisinière ; l'eau était glacée, un violent frisson a saisi la pauvre enfant, et l'on craint une fluxion de poitrine.

— Est-ce dangereux, Mme Anselme? est-ce que l'on en meurt ?

— Certes oui, et les anges comme elle s'en vont plutôt de ce monde que les méchants drôles comme vous.... C'est vous, je parie, qui lui avez suggéré l'idée d'aller jouer au bord du bassin....

— Mme Anselme, je vous proteste....

— Eh bien! quand vous protesteriez jusqu'à demain, cela ne rendrait pas la santé à Mlle Alice.

— Ah! dit Georges, que ne suis-je malade à sa place.

— Certes, conclut la cuisinière, cela vaudrait mieux pour tout le monde.... Mais priez au moins.... demandez à Dieu sa guérison puisque vous ne pouvez faire autre chose.

Il ne restait plus qu'à prier en effet. Alice, comme une fleur délicate dont le moindre vent peut briser la tige, n'eut point la force de résister à la maladie, qui prit peu à peu un caractère alarmant. Bientôt aucune illusion, aucun espoir ne fut permis. La mort, qui enlève avec une égale insouciance les têtes blondes et les fronts chauves, allait venir réclamer une proie dans cette riante demeure. La plus jeune fille de la maison, la plus charmante et la meilleure, n'avait plus que quelques jours à vivre sur la terre.

Il est impossible de décrire le désespoir dans lequel toute cette famille se trouva plongée; les domestiques eux-mêmes, pour qui Alice avait été si bienveillante, si douce, si parfaitement bonne, exprimaient bruyamment leur douleur.

La jeune malade savait bien qu'elle était

mortellement atteinte, et cependant, à son âge, beaucoup d'enfants ignorent complètement ce que c'est que la mort.

Elle, toujours charmante de grâce et de résignation, ne voyait rien d'effrayant dans la pensée d'aller habiter le ciel. Sa sœur et ses frères ne la considéraient qu'avec une sorte de respect ; il leur semblait que cette âme innocente et pure vivait déjà avec les anges.

Un jour Georges, qui de tous les domestiques était de beaucoup le plus affligé, fut appelé par Manette, qui le prit par la main et le conduisit dans la chambre d'Alice. Le petit paysan comprit que le moment terrible était proche, et il n'entra qu'avec terreur dans l'appartement.

C'était un nid charmant, tout de mousseline et de dentelles; dans le fond s'élevait, en face du lit, un autel dressé à la hâte, et couvert de fleurs sans parfum.

Georges fut effrayé du changement qui s'était opéré sur la figure de l'enfant. Pas une nuance de carmin ne colorait la blancheur mate de ses joues, ses lèvres étaient pâles comme si le sang eût cessé de circuler dans ses veines, et sa petite main diaphane se crispait convulsivement à la couverture, geste terrible, fréquent chez ceux qui vont mourir.

Toute la famille était réunie auprès de la mourante ; chacun essayait de se faire illusion et cherchait à lire un peu d'espoir dans ces yeux éteints, prêts à se fermer pour toujours.

Georges sanglota bruyamment, au grand scandale de Manette qui lui secoua rudement le bras pour l'obliger à se taire.

Alice le reconnut et lui fit signe de s'approcher : elle balbutia quelques mots incohérents et sans suite, auxquels le pauvre garçon essaya vainement de chercher un sens. Elle vit qu'elle n'avait point été comprise, ses lèvres essayèrent de former un sourire, et s'efforçant de faire un dernier geste, elle désigna son père au petit paysan.

— Ne te fatigue point, chère enfant, dit M. d'Apremont, je ferai ta commission à Georges.

Elle inclina sa tête et parut ne plus avoir conscience de ce qui se passait autour d'elle.

Ceux qui l'aimaient la conservèrent tout le jour, et la nuit encore.

Vers le matin, à l'heure où s'éteint la dernière étoile, elle rendit à Dieu sa jeune âme, aussi pure qu'au jour de son baptême.

V

Huit jours après la mort d'Alice, Georges travaillait au jardin où tout lui rappelait la charmante créature qui avait couru si vive et si joyeuse au travers des charmilles. Il pouvait à peine se persuader qu'elle était morte et ne reviendrait plus. Il lui semblait la voir encore glisser sur la pelouse comme un oiseau familier.

Tout en songeant, le petit paysan travaillait machinalement au jardin de la pauvre Alice, lorsque M. d'Apremont, qu'il n'avait pas vu venir, parut tout-à-coup auprès de lui.

— Ah ! c'est bien, Georges, dit-il, vous arrangez les violettes qu'en hiver elle aimait tant à voir fleurir ?

Puis il se tut, et il sembla qu'il eût fait un violent effort pour prononcer ces quelques mots. Huit jours de douleur l'avaient bien changé, il était à peine reconnaissable.

— Vous savez, reprit-il après un instant de silence, que j'ai quelque chose à vous dire de sa part ?

— Oui, dit Georges, il m'a semblé, lorsqu'elle m'a fait appeler...... Elle était bonne et n'oubliait personne...... Qu'exige-t-elle de moi, Monsieur ?

— Nous vous devons de la reconnaissance, mon ami. Vous avez généreusement exposé votre vie pour courir au secours d'Alice, et si la pauvre enfant avait pu être sauvée, elle l'eût été par vous...... Vous l'avez dit, elle n'oubliait personne, et elle m'a recommandé de vous récompenser autant qu'il est en mon pouvoir de le faire.

— Je ne veux rien ! s'écria Georges.

Elle est morte.... qu'ai-je fait pour elle?

— Elle est morte, mais la volonté des mourants est chose sacrée. Or, voici ce qu'Alice m'a dit, un des soirs de sa maladie, en songeant à votre dévouement : « Je voudrais que Georges n'eût jamais à craindre la pauvreté...... C'est un noble cœur, il n'est point né pour servir, et il souffre parmi nos domestiques qui le rudoient.... Lorsque je ne serai plus, assure-lui, cher père, une petite fortune.... Il lui faudra peu de chose pour qu'il se croie riche et qu'il vive indépendant...... On ne saurait mieux placer un bienfait, il sera reconnaissant, et partagera toujours avec les malheureux. »

Voici ce qu'elle a dit, Georges, ce que vous ferez sans doute, et moi, voici ce que je veux faire : je donne à votre père, en toute propriété, les vignes qu'il cultive; j'y joins quelques arpents de terre et les prés les plus fertiles de ma propriété des Aulnes....

— C'est trop, s'écria Georges, mille fois trop!.....

— Non, car vous ferez un bon usage des biens que le ciel vous envoie.... Vous

vous souviendrez de l'ange que nous avons perdu, et vous l'imiterez.... Rappelez-vous qu'elle n'a point été vertueuse pour les hommes, mais pour Dieu...... aussi ce n'est point sur la terre, mais dans le ciel qu'elle a obtenu sa récompense.

FIN.

Limoges. — Imp. F. F. Ardant frères.

www.ingramcontent.com/pod-product-compliance
Ingram Content Group UK Ltd.
Pitfield, Milton Keynes, MK11 3LW, UK
UKHW020323220726
13923UKWH00003B/1325